Francis Jammes

Der Hasenroman

Francis Jammes

Der Hasenroman

ISBN/EAN: 9783337353018

Hergestellt in Europa, USA, Kanada, Australien, Japan

Cover: Foto ©Andreas Hilbeck / pixelio.de

Weitere Bücher finden Sie auf **www.hansebooks.com**

JAMMES · HASENROMAN

SIEBENTES UND ACHTES TAUSEND

FRANCIS JAMMES
DER HASENROMAN

MCMXXII
Bei Jakob Hegner in Hellerau

BERECHTIGTE ÜBERTRAGUNG
VON JAKOB HEGNER

Erstes Buch

IN DEM THYMIAN UND DEM TAU DES Fabeldichters
vernahm Langohr die Jagd; er entlief über den
aufgeweichten lehmigen Pfad, denn er fürchtete seinen
Schatten, die Heidekräuter kamen ihm eilig entgegen, die
blauen Kirchtürme standen von Tal zu Tal auf, er rannte
hinab, stürmte bergan, und seine Sprünge bogen die Halme,
wo die Tropfen ineinanderflossen. In diesem geflügelten Lauf
wurde der Hase ein Bruder der Lerchen, er flog über die
Bezirksstraßen hinweg, und am Wegweiser überlegte er
einen Augenblick lang, eh er dem Feldweg folgte, der aus
dem blendenden Sonnenlicht und der geräuschvollen
Kreuzung in das dunkle stille Moos führt.

An diesem Tag war er beinahe an den zwölften
Kilometerstein angestoßen, zwischen Markt Kastetis und
Balansun, denn seine Augen, in denen die Angst wohnt,
stehn seitwärts. Noch konnte er einhalten. Seine natürlich
gespaltne Oberlippe zitterte unmerklich und entblößte die
langen Nager. Dann reckten sich seine gelben
Landstreichergamaschen mit den vom Laufen
abgestumpften Fußnägeln: er hüpfte über die Hecke, in
Kugelform, die Ohren auf dem Hinterteil.

Eine gute Weile noch trug er seine Haut aufwärts, indes
die beunruhigten Hunde seine Spur verloren, und wieder
abwärts, bis zur Landstraße in die Pyrenäen, wo er ein
Pferd mit einem Karren herankommen sah. In der Ferne, auf
dem Weg, wirbelte der Staub wie im Märchen vom Blaubart,
wenn die Schwester fragt: Schwester Anna, siehst du noch
nichts? Die silberne Trockenheit, wie war sie prächtig und
duftete bitter nach Minze. Nicht lange, so stand das Pferd
vor dem Hasen.

Es war ein armseliger Gaul vor einem zweirädrigen
Gefährt, und er konnte nur noch im Galopp und ruckweise
ziehn. Jeder Schritt erschütterte sein gelockertes Geripppe,

daß das Geschirr klirrte, und die helle Mähne flatterte in der Luft, grünlich wie der Bart eines alten Seemanns. Mühsam, als wären es Pflastersteine, hob das Tier seine geschwulstig aufgetriebenen Hufe. Langohr erschrak vor der großen lebendigen Maschine und ihrem lauten Geräusch. Er tat einen Satz und floh weiter über die Wiesen, die Stirn gegen das Gebirge, den Schwanz gegen die Heide, das rechte Auge gegen die steigende Sonne, das linke dem Dorf zu.

Endlich verkroch er sich in einem Stoppelfeld, unweit einer Wachtel, die in der Art der Hennen mit dem Bauch im Sande schlief und, von der Wärme betäubt, durch die Federn hindurch ihr Fett ausschwitzte.

Der Tag funkelte im Süden. Der Himmel erblaßte unter der Hitze und wurde perlgrau. Ein Mäusefalk schwebte mühlosen Fluges in immer höhern, immer weitern Kreisen. Wenige hundert Schritte geradeaus, und die pfauengleich schillernde Fläche eines Flusses wälzte das Spiegelbild von Erlen mit sich; ihren klebrigen Blättern entsickerte ein herber Duft, und ihre gewalttätige Schwärze brach schneidend in den klaren Glanz des Wassers. Nahe dem Damm glitten die Fische in Rudeln vorüber. Der Mariengruß rührte mit seiner himmelblauen Schwinge an den Sonnenbrand eines Kirchturms, und Langohrs Mittagsruhe begann.

REGUNGSLOS BLIEB ER BIS ZUM Abend in seinem Stoppelfeld, nur ein Mückenschwarm belästigte ihn ein wenig, ein Flimmern wie ein Weg in der Sonne. Erst in der Dämmerung hüpfte er zweimal leicht nach vorn und dann zwei andere Male nach links und nach rechts.

Die Nacht war da. Er wagte sich an den Fluß, wo im Mondlicht an den Spindeln des Schilfrohrs das Gespinst der Silbernebel hing.

Mitten im blumigen Gras nahm er seinen Platz, erfreut, daß zu dieser Stunde die Töne reiner Wohlklang waren und man nicht wußte, lockten Wachteln oder Quellen.

Waren die Menschen alle tot? Nur einer wachte draußen; geschäftig über dem Wasser holte er unhörbar sein strahlenrieselndes Netz heraus. Aber er störte nur das Herz der Welle, das des Hasen blieb in Frieden.

Und da geschah es, daß zwischen den Engelwurzdolden behutsam eine Kugel erschien. Es war die nahende Freundin. Langohr lief ihr entgegen, bis er sie tief im bläulichen Heu erreicht hatte. Ihre Nasen kamen aneinander. Und einen Augenblick lang, mitten im wilden Ampfer, tauschten sie Küsse. Sie trieben ihr Spiel. Dann wandten sie sich, vom Hunger geleitet, gemächlich und Seite an Seite, gegen eine dunkel hingestreckte Meierei. In dem ärmlichen Gemüsegarten, wohin sie eingedrungen waren, gab es knisternden Kohl und würzigen Thymian. Nebenan hauchte der Stall seinen Atem; hinter der Tür des Verschlages ließ das Schwein sein bewegliches Grunzen hören und sein Schnüffeln.

So verstrich die Nacht mit Essen und Lieben. Allmählich, im Morgenrot, regte sich die Finsternis. Flecken leuchteten von fernher. Alles begann zu schwanken. Ein Gockel auf dem Hühnerstall zerriß die stille Luft. Er krähte wie besessen und klatschte sich Beifall mit seinen

Flügelstumpfen.

Langohr und seine Frau verließen einander an der Schwelle der Dornen- und Rosenhecke. Kristallen tauchte ein Dorf aus dem Nebel, und im Felde zeigten sich hastende Rüden, deren Ruten wie straffe Seile schaukelten; in der Minze und zwischen den Halmen mühten sie sich, die von dem lieblichen Paar geistvoll geschlungenen Schleifen zu entwirren.

UNTER MAULBEEREN, IN EINER GRUBE, schlug dann Langohr sein Lager auf, hier verweilte er bis zum Abend, mit offenen Augen. Hier saß er wie ein König unter dem Spitzbogen der Zweige, die ein Regenguß mit hellblauen Perlen geschmückt hatte. Endlich schlief er ein. Doch sein Traum war unruhig und nicht so, wie ihn der stille Schlummer des schwülen Nachmittags beschert. Fremd war ihm die starre Schlaftrunkenheit der Eidechse, die kaum zuckt, wenn sie das Leben der alten Mauern träumt; und fremd die zutrauliche Feierstunde des Dachses, der da in seinem lichtlosen Erdbau sitzt und es kühl hat.

Jedes noch so kleine Geräusch raunt ihm von der Gefährlichkeit dessen, was sich rührt, fällt und stößt; ein Schatten bewegt sich unerwartet: naht ein Feind? Er weiß, daß man im Nest nur dann glücklich sein darf, wenn alles jetzt ebenso ist, wie es vorher war. Daher kommt seine Liebe zur Ordnung und verhilft ihm zu seiner Behaglichkeit.

Denn warum sollte in der blauen Windstille träger Tage am wilden Rosenstrauch ein Blatt erzittern? Warum, wenn die Schatten des Unterholzes so langsam vorrücken, als ob sie den Tag festhalten wollten, warum sollten sie sich plötzlich regen? Und warum hätte er sich zu den Menschen begeben sollen, die nicht fern von seiner Zufluchtstätte die Maiskolben einsammelten, darin die Sonne ihre fahlen Lichtkörner enthüllte? Seine Lider ohne schützende Wimpern vertrugen nicht die verwirrenden Wellen der Mittage, gewiß nur darum verbot sich ihm die Nähe der Wesen, die ungeblendet in die weißen Flammen der Sicheln sehn.

Nichts lockte ihn, ehe nicht die Zeit gekommen war, wo er von selbst ausging. Seine Weisheit war eins mit den Dingen. Das Leben war ihm ein Tonwerk, und jeder Mißklang riet ihm zur Vorsicht. Er verwechselte niemals das Geläute der

11

Hunde mit einem fernen Glockenschall; auch nicht die Bewegung des Menschen mit der des wehenden Baumes; den Knall des Gewehrs und den des knatternden Blitzes; den Blitz und das Rollen der Karren; den Ruf des Sperbers und die Dampfpfeife im Dorfe. So gab es eine ganze Sprache, und ihre Wörter waren ihm bekannt als Feinde.

WER IN DER WELT HÄTTE ZU SAGEN vermocht, woher Langohr diese Klugheit und solches Wissen besaß? Keiner wohl, und keiner kennt ihre geheimen Wege. Denn sein Ursprung verliert sich in der Nacht der Zeiten, wo die Geschichten alle eins sind.

Kam er vielleicht aus der Arche des Noah, vom Berg Ararat, an dem Tage, da die Taube, die in ihrem Gurren noch heute das Rauschen der großen Wasser bewahrt, den Ölzweig brachte, das Zeichen, daß die Flut abnahm? Oder war er, so wie er ist, geschaffen worden, der Kurzschwanz, der Strohpelz, die Spaltnase, der Langohr, der Graustrumpf? Die Hand des Ewigen, hatte sie ihn fertig unter die Lorbeeren des Paradieses gesetzt?

Gelagert unter einem Rosenstrauch, hatte er vielleicht Eva belauscht? Wie sie sich bäumte gleich einem Füllen, zwischen den Schwertlilien die Anmut ihrer gebräunten Beine auf und nieder führte und vor den verbotnen Granatbäumen ihre goldenen Brüste spannte? Oder war er damals bloß ein weiß glühender Nebelstreif? Lebte er schon im Herzen der Porphyre, war er, unverbrennlich, ihrer Lava entronnen, um nach und nach, eh er sich mit seiner Nase in die Welt wagte, den Granit und dann die Zelle der Alge zu bewohnen? Verdankte er dem geschmolzenen Jaspis seine Pechaugen? Dem lehmigen Morast sein Fell? Dem Seetang seine nachgiebigen Ohren? Dem flüssigen Feuer sein Fieberblut?

. . . Was bekümmerte ihn seine Herkunft! Still begnügt lag er in seiner Grube. Es war im August, ein gewitterschwüler, zermürbender Nachmittag, der Himmel dunkel, pflaumenblau, hie und da geschwellt, als sollte er im nächsten Augenblick über der Ebene bersten.

Und schon hallte der Regen auf den Brombeerblättern. Immer schneller trommelten die schlanken Wasserstäbe.

Langohr aber fürchtete sich nicht, denn die Regentropfen folgten aufeinander in einer ihm längst vertrauten Ordnung. Und die Nässe fühlte er nicht, denn das Wasser fiel auf die dichte Pflanzenwölbung. Nur ein einzelner Tropfen kam bis zum Grunde der Grube und schlug immer wieder auf dieselbe Stelle.

Und so bangte dem Graustrumpf nicht vor diesem Zusammenspiele. Wohl bekannt war ihm das Lied, worin die Tränen des Regens die langen Strophen bilden, und er wußte, daß weder Hund noch Mensch, noch Fuchs oder Falke daran teil haben. Der Himmel war wie eine Harfe, die Silberfäden des strömenden Regens waren von oben hinunter gespannt. Und hier unten ließ jedes Ding sie auf eine besondere Art ertönen und nahm dann wieder seine ihm eigene Weise auf. Von den grünen Fingern der Blätter rauschten die gläsernen Saiten hoch und dumpf. Hatten die Nebel Seele und Stimme erhalten?

Die von ihnen erweichte Erde schluchzte auf wie eine vom Südwind gepeinigte Frau, und dort, wo der Boden am rissigsten war und am trockensten, ließ sich das fortwährende Geräusch des Aufsaugens vernehmen, die Inbrunst brennender, dem vollen Ungewitter hingegebener Lippen.

DIE NACHT NACH DEM GEWITTER war klar. Der Regen war fast aufgesogen. Auf dem Rasen, wo Langohr sonst seine Freundin begegnete, schwebte das Wasser nur noch in dichten Nebelballen. Es sah aus wie unirdische Baumwollstauden, die ihre Hülsen in der Flut des Mondlichts gesprengt hatten. Längs den Böschungen standen die regenschweren Büsche reihenweise wie Pilger, vornübergebeugt unter der Last ihrer Säcke und Schläuche. Ringsum Friede. In eine Hand legte sich die Stirn des Engels. Das Morgengrauen harrte frostdurchschauert auf die rosenfingerige Schwester, und das niedergesunkene Gras betete zum Morgen auf.

Da plötzlich sah Langohr auf seiner Wiese einen Mann nahen, und er erschrak gar nicht. Ein erstes Mal seit Urzeiten, seitdem der Mensch Fallen stellt und Bogen spannt, erlosch der Trieb zur Flucht in der Seele des Leichtfüßigen.

Der Mann, der herankam, war angetan wie ein Baumstamm im Winter, wie mit wolligem Moos bekleidet. Er hatte eine Kapuze auf dem Kopf und Sandalen an den Füßen. Er trug keinen Stock. Seine Hände lagen verschränkt in den Ärmeln seines Mantels, ein Strick diente ihm als Gürtel. Sein bleiches, knochiges Gesicht hielt er dem Mond entgegen, und der Mond war minder blaß. Deutlich sah man die Adlernase, die Augen, tief wie die der Esel, und den schwarzen Bart, worin die Büsche Flocken von Schäfchenwolle hinterlassen hatten.

Zwei Tauben begleiteten ihn. Sie glitten von Ast zu Ast, hinein in die mildtätige Nacht. Das verliebte Haschen ihrer Flügel war wie der Kelch einer entblätterten Blume: als wollte er sich wieder vereinigen und sich von neuem zur Krone entfalten.

Drei ärmliche Hunde mit Stachelhalsbändern trabten ihm

schweifwedelnd voran, und ein alter Wolf beleckte ihm den Kleidsaum. Ein Schaf und sein Junges drangen zwischen Krokus vor und stampften blökend, unsicher und entzückt, auf smaragdgrünen Traubenhyazinthen, indes drei Sperber mit den beiden Tauben zu spielen begannen. Ein schüchterner Nachtvogel pfiff jubelnd inmitten der Eicheln, dann schwang er sich auf und holte den Sperber ein und die Tauben, das Lamm und das Schaf, die Hunde, den Wolf und den Mann.

Und der Mann trat heran zu dem Hasen und sprach zu ihm:

„Ich bin Franziskus. Ich liebe dich, und ich grüße dich, Bruder. Ich grüße dich im Namen des Himmels, der die Wasser spiegelt und die glitzernden Steine, im Namen des Sauerampfers, der Rinden und der Körner, womit du deinen Hunger stillst. Komm und folge diesen Unschuldigen, die mich begleiten und sich an meine Schritte hängen, so gläubig wie der Efeu, der den Baum umklammert und nicht daran denkt, daß sich, vielleicht bald schon, der Holzfäller zeigen wird. O Hase, ich bringe dir den Glauben, wie wir ihn der eine in den andern setzen, den Glauben, der das Leben selbst ist, alles das, was wir doch nicht wissen, aber woran wir glauben. O Hase, liebes freundliches Tier, sanfter Wanderer, willst du dich unserm Glauben anschließen?"

Und solange Franziskus sprach, verhielten sich die Tiere still, sie lagen und saßen in den Zweigen, im Vertraun auf diese Worte, die sie nicht begriffen.

Nur der Hase, das Auge weit geöffnet, schien jetzt durch das Geräusch der Menschenlippen beunruhigt zu sein. Das eine Ohr nach vorn, das andere nach rückwärts gerichtet, war er unschlüssig, ob er fliehn solle oder bleiben.

Dies sah Franziskus. Er rupfte von der Wiese eine Handvoll Gras, reichte es dem Leichtfüßigen, und der folgte ihm nun.

VON DIESER NACHT AN BLIEBEN SIE Gefährten.

Niemand vermochte ihnen zu schaden, denn der Glaube beschützte sie. Wenn Franz mit seinen Freunden halt machte, auf einem Dorfplatz, wo die Leute beim Gedudel einer Sackpfeife tanzten, dann, wenn die Ulmen zerfließen und auf den dunkeln Wirtshaustischen die Mädchen ihr Glas lachend in den Abendwind heben, bildete man einen Kreis um sie. Und das junge Volk mit Bogen oder Armbrust dachte nicht daran, Langohr zu töten, so verwunderte sie sein ruhiges Wandeln, so grausam erschien ihnen, ein armes Tier zu hintergehn, das ihnen sein Zutrauen zu Füßen legte. Sie hielten Franziskus für einen Fremden, dessen Gewerb es war, die Tiere zu zähmen, sie öffneten ihm für die Nacht ihre Scheunen und reichten ihm Almosen, wofür er seinen Tieren ihre Lieblingsspeisen kaufte.

Auch fanden die Fahrenden mühlos ihren Unterhalt, denn der Herbst, durch den sie zogen, war freigebig, die Speicher bogen sich, man ließ sie auf den Maisfeldern Nachlese halten und teilnehmen an der Weinernte, mit den Gesängen bei Sonnenuntergang. Die blonden Mägde drückten Trauben an ihre lichtumspielten Brüste. Ihre Ellbogen leuchteten emporgehoben. Oben über dem blauen Dunkel der Kastanienhaine, in Ruhe, glitten fallende Sterne. Das Heidekraut in seinem Samt wurde schwärzer. Wie seufzten die Röcke ferne in den Laubgängen.

Jene schauten vor sich das Meer, ein Gemälde an der Himmelswand, und die geneigten Segel, den weißen Sand mit seinen Flecken von den Schatten der Tamarisken, der Erdbeerbäume und der Pinien. Sie wanderten über heitere Matten, wo, herabgefallen aus der Unbeflecktheit des Schnees, die Sturzwässer zu Bächen werden, doch glitzernd die Erinnerung noch bewahren an den Spießglanz und die Firne.

Selbst wenn das Jagdhorn erklang, blieb Langohr jetzt unerschrocken und bei seinen Gesellen. Sie schützten ihn und er sie. Eines Tages wagte sich eine Meute heran und entfloh beim Anblick des Wolfes, ein anderesmal wieder schlich eine Katze den Tauben nach, entwich aber vor den Hunden mit dem Stachelhalsband, und ein Wiesel auf der Lauer nach dem Lämmchen versteckte sich vor den Raubvögeln. Langohr schreckte Schwalben ab, die auf die Eule losstürmten.

LANGOHRS BESTER FREUND WAR einer der drei Hunde mit den Stacheln, eine Jagdhündin, gutmütig, kleinen und gedrungenen Baus, mit gestutztem Schwanz, hängenden Ohren und gebogenen Beinen. Sie war artig und umgänglich. Ihre Wiege war ein Schweinekoben gewesen, bei einem Schuster, der des Sonntags jagte. Nun war der Schuster tot, und niemand nahm sie auf. So jagte sie in den Feldern, wo sie zuletzt an Franz kam.

Langohr hielt sich immer an ihrer Seite, und wenn sie schlafen wollte, legte sie ihre Schnauze auf ihn, worauf auch er einschlummerte. Denn alle pflegten der Mittagsruhe, und Träume erfüllten ihren Schlaf in dem stumpfen Feuer der Sonne.

Franz schaute dann wieder das Paradies, das er hinter sich gelassen hatte. Ihm war, als beträte er durch das große Tor die himmlische Hauptstraße mit ihren Häusern der Auserkornen. Es waren niedrige Holzbuden, jede gleich der andern, in einem Schatten, der, hell erstrahlend, zu Tränen der Freude rührte. Aus dem Innern hervor leuchteten da ein Hobel, dort ein Hammer oder eine Feile. Hier auch war kein Ende der erhebenden Müh. Denn wenn Gott die Menschen bei ihrer Ankunft in den Himmel fragte, womit er ihre irdischen Werke belohnen solle, wollten sie immer das behalten, was ihnen zum Paradiese mit verholfen hatte. Und da war auf einmal eines jeden schlichtes Wirken irgendwie wunderbar geworden. Handwerker traten auf ihre Schwellen, und die Tische waren hinausgetragen für die Abendmahlzeit. Man hörte den Frohsinn der himmlischen Brunnen. Und auf den offnen Plätzen entfalteten sich die Engel wie Segelboote und neigten sich in der Seligkeit der andämmernden Nacht.

Die Tiere aber sahn in ihren Träumen die Erde und das Paradies nicht so, wie wir beides kennen und sehn. Sie träumten von unzusammenhängenden Ebnen, worin ihre Sinne irre wurden. Nebel fiel in sie. In Langohr wurde das Hundegebell ganz eins mit der Sonnenhitze, mit jähem Knallen, mit einem Schwitzen der Läufe, mit dem Taumel der Flucht, dem Schrecken, Lehmgeruch, hellem Wasser, hin- und herschwankenden Mohren, knisterndem Mais, Mondschein und freudiger Aufregung beim Anblick des Weibchens, wie es mitten im Duft der Waldmeister erschien.

Sie alle erblickten hinter den geschlossnen Lidern die bewegten Abbilder ihrer Lebensläufe. Nur die Tauben schützten vor der Sonne ihre lebhaften unruhigen Köpfchen: sie erschauten im Schatten ihrer Flügel ihr Paradies.

Zweites Buch

ALS DER WINTER KAM, SAGTE FRANZISKUS zu seinen Freunden:

„Segen über euch, denn ihr seid Gottes. Doch bin ich in Unruhe, denn der Schrei der ziehenden Gänse verkündet eine Hungersnot, und daß es nicht in den Absichten des Himmels liegt, euch die Erde zum Wohltäter zu machen. Gelobt seien die verborgenen Ratschlüsse des Herrn."

Das Land um sie war wirklich verödet. Aus seinen straffen Schläuchen voll Schnee träufelte der Himmel ein fahles Licht. Alle Früchte in den Hecken waren abgestorben und alle in den Gärten. Und die Körner hatten ihre Schoten verlassen, um in den Schoß der Erde einzugehn.

. . . „Gelobt seien die verborgenen Ratschlüsse des Herrn," sagte Franziskus. „Vielleicht will er, ihr sollet mich verlassen und ein jeglicher seines Weges ziehn, auf der Suche nach Nahrung. Trennet euch also von mir, der ich nicht allen zugleich folgen kann, wenn euch der Trieb jeden wo andershin führt. Denn ihr seid im Leben und bedürfet der Speise, ich jedoch bin auferstanden und bin hier durch die Gnade, den leiblichen Bedürfnissen enthoben, und Gott ließ mich erscheinen, damit ihr von mir geleitet wäret bis an diesen Tag. Aber ich weiß nicht mehr, was tun, und kann nicht länger mehr für euch sorgen. Wollt ihr mich also verlassen, so sei einem jeden von euch die Zunge gelöst, und er sag es offen."

DER ERSTE, DER SPRACH, WAR DER Wolf.

Er hob seine Schnauze gegen Franziskus. In seinem zerzausten Schweif fegte der Wind. Er hustete. Lang war das Kleid seines Elends. Sein kläglicher Pelz gab ihm das Aussehn eines entthronten Königs. Er zögerte und blickte im Kreise um sich, von Freund zu Freund. Endlich kam seine Stimme aus dem Schlund, der rauhe Laut des Winterschnees. Und wie er seine Lefzen öffnete, sah man seine ganze frühere Entbehrung an der Länge seiner Zähne. So wild war sein Ausdruck, daß man nicht wußte, ob er seinen Herrn beißen oder ihn liebkosen wolle.

Er sagte:

„O Honig ohne Stacheln! O Armer! O Sohn Gottes! Wie könnte ich dich verlassen? Mein Leben war elend, und du hast es mit Freude erfüllt. In den Nächten, wie mußte ich da den Atem der Hunde, der Hirten und der Feuerbrände belauschen, um dann im richtigen Augenblick meine Krallen in die Kehle der schlafenden Lämmer zu versenken. Du lehrtest mich, o Seliger, die Milde der Obstgärten kennen. Ja eben noch, da sich mir der Bauch in der Lust nach Fleischesspeise höhlte, ernährte mich deine Liebe zu mir. Wie so oft war mir doch mein Hunger willkommen, wenn ich meinen Kopf auf deinen Schuh legte, denn diesen Hunger, ich ertrage ihn, um dir zu folgen, und aus Liebe zu dir will ich gerne sterben."

UND DIE TAUBEN GURRTEN.

Sie beendeten ihren frierenden Doppelflug in den Zweigen eines vertrockneten Baumes. Sie konnten sich nicht zum Sprechen entschließen. Jeden Augenblick, so schien es, wollten sie zustimmen, dann wieder, in Schrecken, erfüllten sie von neuem mit ihren weißen aufschluchzenden Zärtlichkeiten den Wald, der dieser Anmut lauschte. Sie zuckten wie junge Mädchen, die ihre Tränen und ihre Arme vereinen. Sie sprachen beide zu gleicher Zeit, als hätten sie nur eine einzige, gemeinsame Stimme:

„O Franz, milder als der Schimmer des Leuchtkäfers im Moose, lieblicher als der Bach, der uns sein Lied singt, wenn wir unser laues Nest in den würzigen Schatten der jungen Pappeln hängen. Was kümmert uns, daß Reif und Not uns aus deiner Nähe verbannen und uns vertreiben wollen, hinweg zu fruchtbaren Strichen? Um deinetwillen werden wir die Not lieben und Frost und Reif. Und deiner Liebe willen wollen wir auf unsre Neigungen verzichten. Und müssen wir vor Kälte sterben, so wird es Herz an Herz geschehn, o Herr."

UND EINER DER HUNDE MIT DEM Stachelhalsband trat hervor. Es war die Jagdhündin, die Freundin des Hasen. Wie der Wolf, hatte auch sie schon hart unter dem Hunger gelitten und klapperte mit den Zähnen. Ihre Ohren runzelten sich, auch wenn sie sie hob; ihr Schwanz, zerfahren wie eine Baumwollspindel, hielt sich unbewegt wagrecht. Die rotgelben Augen richteten sich auf Franziskus mit der Glut des unbedingten Glaubens. Und ihre beiden Genossen, die sich anschickten, vertrauensvoll zuzuhören, senkten gutmütig und unwissend den Kopf. Und sie, die Hirtenhunde, die niemals was anderes gehört hatten als das Greinen der Schellen, das Blöken der Herden und den Geißelschlag des Blitzes auf den Gipfeln, sie warteten ab, glücklich und stolz darüber, daß die kleine Jagdhündin bekannte.

Da versuchte diese einen Schritt, aber kein Laut kam aus ihrer Kehle. Sie leckte die Hand des Heiligen, dann legte sie sich ihm zu Füßen.

UND DAS SCHAF BLÖKTE.

Sein Blöken war so traurig, als hauchte es seine Seele dem Tod entgegen, schon bei dem bloßen Gedanken an eine Trennung von Franz. Als es nun schwieg, hörte man auf einmal sein von einer befremdlichen Schwermut ergriffenes Lämmchen weinen wie ein Kind. Und das Schaf sprach:

„Nicht die Munterkeit der Matten, die der Morgen mit seinem Brodem dämpft, nicht in den Bergen das Süßholz, das der Nebel mit seinem Silberseim beperlt, noch die Streu in der verräucherten Hütte, sie alle sind nicht zu vergleichen mit den Almen deines Herzens. Lieber als dich zu verlassen, ist uns das blutige und ekle Schlachthaus, das Schwanken auf dem Karren, der uns dorthin bringt, blökend und die Füße gebunden und die Rippen und die Wange auf dein Brett. O Franz, unser Tod wäre, dich zu verlieren, denn wir lieben dich."

Und während dieser Rede hielten Uhu und Sperber beisammen hockend unbeweglich stand, die Augen voll Angst und, um nicht fortzufliegen, die Flügel fest an den Leib gepreßt.

DER LETZTE, DER SPRACH, WAR DER Hase.

In seinem stroh- und erdfarbenen Haarkleid nahm er sich aus wie eine Gottheit der Fluren. Inmitten dieser winterlichen Wüste glich er einer Scholle zur Sommerzeit. Er rief graue Erinnerung wach an einen Straßenarbeiter oder an einen Landbriefträger. In den Schnecken seiner Löffel trug er aufrecht mit sich die Erschütterung aller Geräusche. Sein linker Löffel horchte, zu Boden gesenkt, auf das Knistern des Frostes, indessen der andre, in die Ferne gestreckt, die Axtschläge aufsammelte, von denen der tote Wald widerhallte.

„Wahrlich", sprach er, „o Franz, ich kann mich begnügen mit der moosigen Rinde, die unter den Liebkosungen der Schneeflocken aufgeweicht und von den winterlichen Sonnenaufgängen durchduftet ist. Öfters schon sättigte ich mich daran jetzt in diesen Unglückstagen, wo die Brombeerzweige nur rosige Kristalle sind und die wippende Bachstelze ihren heftigen Schrei gegen die Larven unter dem Ufereis ausstößt, die ihr Schnabel nun nicht mehr erreicht. Und diese Rinden, ich will sie weiter kauen. Denn, o Franz, ich mag nicht hinsterben mit den sanften Freunden in ihrem Todeskampf, sondern leben will ich neben dir und mich nähren von den bittern Fasern des Bastes."

DEMNACH, UND WEIL DIE HEIMAT eines jeden eine andre und nur für ihn allein bewohnbar gewesen wäre, zogen es also die Genossen des Hasen vor, sich nicht zu trennen, vielmehr in diesem Lande des mörderischen Winters miteinander zu sterben.

Eines Abends waren die Tauben verwelkt und fielen wie Blätter von ihrem Zweige, auch der Wolf schloß seine Augen dem Leben, die Schnauze auf den Schuh des Heiligen gelegt: schon seit zwei Tagen hatte der Hals den Kopf nicht mehr aufrecht halten können, und das Rückgrat war wie ein Brombeerzweig geworden, mit Kot belastet, im Winde zitternd; sein Herr küßte ihn auf die Stirn.

Danach gaben die Wächterhunde, das Schaf, die Sperber, der Uhu und das Lamm ihren Geist auf, und zuletzt die zierliche Jagdhündin, die der Hase vergeblich zu erwärmen trachtete. Sie verschied wedelnd, und Langohr war darüber so tief betrübt, daß er bis zum nächsten Tag nicht imstande war, an die Eichenrinde zu rühren.

UND FRANZISKUS, IN DIESER VERHEERUNG, betete, die Stirn in die Hand geschmiegt, so wie im Übermaß des Leidens ein Dichter sein Herz abermals schwinden fühlt.

Dann, zum Hasen gewandt, sprach er: „O Langohr, ich höre eine Stimme mir eröffnen, daß du diese hier (und er wies auf die Tierleichen) in die ewige Seligkeit bringen mußt. O Langohr, wisse, es gibt für die Tiere ein Paradies: aber ich kenne es nicht. Kein Mensch wird es jemals betreten. O Langohr, führe du dorthin die Freunde, die mir Gott gegeben und wieder genommen hat. Du bist verständig unter allen, und deinem Verstande vertrau ich die Weggenossen an."

Franzens Worte stiegen auf in den erhellten Himmel. Das harte Winterblau war allmählich wieder durchsichtig geworden. Und in dieser Helligkeit wollt es scheinen, als ob die reizende Jagdhündin nochmals ihre geschmeidigen Seidenohren aufrichten werde.

„O meine Freunde, ihr Toten," sagte Franziskus, „seid ihr denn tot, dieweil ich allein von euerm Tode weiß? Wodurch könntet ihr dem Schlaf beweisen, daß ihr nicht bloß eingeschlummert seid? Schläft denn die Frucht der Waldrebe oder ist sie tot, wenn der Wind nicht mehr ihre leichten Wimpern beschwingt? Vielleicht, o Wolf, geht vom Himmel nur nicht mehr Hauches genug, um deine Flanken zu heben? Und ihr, Tauben, damit ihr wie ein Seufzen anschwellt? Und ihr, Schäflein, damit eure sanfte Klage die Sanftheit noch der überschwemmten Wiesen erhöhe? Und du, mein Uhu, damit dein Ruf wieder erwache, der Liebesseufzer der Nacht selbst? Und ihr, Sperber, damit ihr euch aufschwingt vom Boden? Und ihr, Wachthunde, daß euer Schnappen zusammenströme mit dem Rauschen der Schleusen? Und du, Hündin, damit deine köstliche Einsicht neu auferstehe und du wieder spielen dürftest mit dem

Graustrumpf da?"

AUF EINMAL, VON DEM MAULWURFSHÜGEL, wohin er sich gelagert hatte, tat Langohr einen Sprung ins Blaue und fiel nicht zurück; und dann noch einmal, so leicht als ging es über eine Wiese von blauem Klee, sprang er in das Leere hinein, in das Engelreich. Kaum hatte er diesen Sprung vollführt, als er neben sich die kleine Jagdhündin gewahrte, und er fragte sie voll Freude:

„Warst du denn nicht tot?" Worauf sie aufhüpfend zur Antwort gab:

„Ich begreife nicht, was das heißt. Mein Schlaf heute war ruhevoll und hell."

Und Langohr sah, daß auch die andern Tiere ihm in den Raum nachfolgten, während auf einer zweiten Himmelsstraße Franziskus ausschritt und dem Wolf mit der Hand ein Zeichen gab, er möge dem Graustrumpf vertraun. Und Isegrim, gelehrig und beruhigten Sinnes, fühlte, wie ihn der Glaube abermals überkam, und er schloß sich an seine Freunde, nach einem langen Blick auf seinen Herrn und in dem Bewußtsein, daß für die Auserwählten sogar das Abschiednehmen göttlich ist.

SIE LIESSEN DEN WINTER HINTER sich. Sie staunten über ihren Gang durch diese Wiesen, die ehemals unerreichbar waren und so hoch über ihnen. Doch das Verlangen nach dem Paradiese gab ihnen Halt und Sicherheit in dem Himmel.

Auf den Pfaden der Seraphim, die Lichtspaliere entlang, auf den Milchstraßen, wo der Komet eine Garbe ist, leitete Langohr seine Genossen; Franziskus hatte sie ihm anvertraut, ihn zu ihrem Führer erwählt, weil er Langohrs Klugheit kannte. Und hatte denn Langohr seinem Herrn nicht bei verschiedenen Gelegenheiten Proben erbracht von jener Furcht, die der Anfang der Weisheit ist? Hatte er bei der Begegnung mit Franziskus und bei der Aufforderung zum Mitgehn nicht gewartet, bis ihm der Heilige ein Büschel frisches Gras zu fressen reichte? Und als alle seine Gefährten sich aus Liebe zueinander dem Tode weihten, hatte da er, der Graustrumpf, nicht weiter die bittere Baumrinde gekaut?

Darum konnte es dem Hasen auch im Himmel an seiner Klugheit nicht fehlen; wich man ab, so kam er immer wieder auf die rechte Straße, verstand es, Irrwege zu vermeiden, und wußte, wie man weder an die Sonne noch an den Mond stößt, auch wie man den fallenden Sternen ausweicht, die so gefährlich sind wie die Steine aus den Schleudern; und sich zurechtzufinden mit all den Pfählen, die die Zahl der zurückgelegten Kilometer anzeigen und die Namen der himmlischen Dörfer.

33

DIE LANDSCHAFTEN, DIE LANGOHR und seine
Genossen bereisten, erschienen ihnen hinreißend und
begeisternd, und dies um so mehr, als sie, anders gerichtet
als die Menschen, niemals die Schönheiten des Himmels
geahnt, sondern ihn immer nur von der Seite erblickt
hatten, doch nicht in der Höhe über sich, was ein Vorrecht
des Herrn der Tiere bleibt.

Also, Kurzschwanz, Wolf, Schaf, Lämmchen, Vogel,
Herdenwächter und Jägerin stellten fest, daß der Himmel
nicht minder schön war als die Erde. Und alle, außer
Langohr, dem die Marschrichtung zuweilen Sorge machte,
genossen einer ungemischten Freude auf dieser Pilgerung zu
Gott, wo an Stelle des Himmelfeldes, noch kürzlich
unerreichbar über ihren Häuptern, jetzt langsam die Erde
unerreichbar wurde unter ihren Füßen. Und in dem Maße,
wie sie sich von ihr entfernten, ward ihnen diese Erde zu
ihrer neuen Himmelskugel. Das Blau der Meere ballte dort
Wolken Schaumes, und die Lichter in den Buden besternten
dort die Weite der Nacht.

ALLMÄHLICH NÄHERTEN SIE SICH den Ländern, die ihnen Franziskus verheißen hatte. Bereits zergingen der rosenrote Klee der Sonnenuntergänge und die leuchtenden Früchte des Dunkels, ihre Speise, größer immer und voller, in ihren Seelen zu paradiesischen Süßen.

Die Blätter, die brennenden Säfte flößten in ihr Blut eine sommerliche Kraft, einen frohen Überschwang, wovon die Herzen schneller schlugen bei der Annäherung an die künftigen Herrlichkeiten.

ENDLICH GELANGTEN SIE ZU DEM Aufenthalt der seligen Tiere, zum ersten Paradies, dem der Hunde.

Eine Weile schon vernahm man ein Bellen. Sie kamen an den Stumpf einer zerfressenen Eiche und sahn darin eine Dogge sitzen wie in einer Nische. An ihrem abweisenden und zugleich sanften Blick merkte man, daß sich ihr Gehirn ein wenig in Unordnung befand. Es war die Dogge des Diogenes, der Gott eine Einsamkeit geschenkt hatte in dieser aus dem ganzen Baum gehöhlten Tonne. Unbewegt sah sie die Stachelhunde vorbeiziehn. Danach, zu deren großer Verwunderung, trat sie auf einen Augenblick aus ihrer moosbewachsenen Behausung und knotete sich selbst wieder an, indem sie mit dem Maule nachhalf — denn ihre Leine hatte sich gelockert — kehrte dann in ihr Holzgewölbe zurück und sagte:

> Hier findet jeder seine
> Lust, wo er sie sucht.

Und wirklich erblickten Langohr und seine Freunde eine Anzahl Hunde auf der Suche nach vorgestellten, verlornen Wanderern. Sie wagten den Abstieg in tiefe Schlünde, um die Verunglückten dort zu finden, ihnen ein wenig Brühe zu bringen, Fleisch und Branntwein, in den kleinen Fässern an ihrem Hals.

Andre wieder warfen sich in vereiste Seen, in der immer getäuschten Hoffnung, einen Schiffbrüchigen daraus hervorzuziehn. Sie schwammen zurück ans Ufer, zitternd und betäubt, jedoch befriedigt von ihrer nutzlosen Treue und bereit, sich aufs neue hinauszustürzen.

Wieder andre bettelten hartnäckig um ein paar alte Knochen vor der Schwelle verlassner Hütten an der Straße und warteten auf die Fußtritte, die ihren Blicken eine verehrungswürdige Schwermut verleihen sollten.

Da war auch ein Scherenschleiferhund, der drehte freudig,

mit hängender Zunge, an dem Räderwerk eines Steines, auf dem sich kein Messer glatt schliff. Aber seine Augen glänzten von dem hinnehmenden Glauben an seine erfüllte Pflicht, und er unterbrach seine Anstrengung nur, um Atem zu holen und sich wiederum anzustrengen.

Dann gab es da einen Wächterhund, der wollte ewig verirrte Schafe in ihre Hürde zurückführen. Er jagte nach ihnen am Rand eines Baches, der am Hang eines wiesengrünen Hügels leuchtete.

Von diesem grünen Hügel, und aus Unterholz hervorbrechend, stieg eine Meute nieder, die den ganzen Tag Traumhindinnen und Traumgazellen verfolgt hatte. Ihr Geläute, festgehalten auf alten Spuren, erklang wie beglückte Glocken an einem blühenden Ostermorgen.

Nicht weit von dieser Stelle richteten sich die Wachthunde und die kleine Jägerin häuslich ein. Aber als diese von Langohr zärtlichen Abschied nehmen wollte, gewahrte sie, daß er sich aus dem Staub gemacht hatte, schon seit dem Anschlagen der Meute.

Und so mußten ohne ihn die Sperber, die Eule, die Tauben, der Wolf und die Lämmer ihren Flug wieder aufnehmen. Sie begriffen gar wohl, daß er, ein kleingläubiger Hase, nicht wie sie zu sterben verstanden hatte, und daß er lieber, als sich durch Gott gerettet zu sehn, sich selber retten wollte.

DAS ZWEITE PARADIES WAR DAS der Vögel; es lag in einem kühlen Wäldchen, ihr Sang tropfte auf die Erlen und kräuselte die Blätter. Und von den Erlen strömten die Lieder hinab in den Fluß und erfüllten ihn so mit Musik, daß er auf den Schilfrohren spielte.

In der Ferne zog sich ein Hügel hin, voll Frühling und Schatten. Sein Bau war von einer unvergleichlichen Anmut. Er duftete nach Einsamkeit: nach nächtlichem Flieder und dem Odem aus dem Herzen dunkler Rosen, woraus die heiße weiße Sonne trinkt.

Nun mit einemmal, in Pausen, als wären die kristallenen Sterne, ihr Licht brechend, auf Wasser gefallen, hörte man den Sang der Nachtigall aufgehn. Nichts hörte man als den Sang der Nachtigall. Auf dem ganzen weiten stillen Hügel hörte man bloß den Sang der Nachtigall. Die Nacht war bloß das Seufzen der Nachtigall.

Da, in dem Wäldchen, stieg die Morgenstunde auf, errötend wegen ihrer Nacktheit inmitten der gefiederten Sänger, die noch nicht daran dachten, ihr Zwitschern abzustimmen, so schwer waren ihre Flügel von Gefühl und Morgentau. Noch schlugen die Wachteln nicht in den grünen Halmen. Die Meisen mit ihren schwarzen Köpfchen rauschten in dem Feigendickicht wie Kiesel in der Strömung. Ein Grünspecht, beinahe wie ein Büschel Gras von goldschimmernden Wiesen, eine Kleeblüte auf dem Kopf, zerriß mit seinem Schrei die Himmelsbläue. Dann richtete er seinen Flug auf die alten, blendend blühenden Apfelbäume.

Die drei Sperber und die Eule gingen ein in diese Blumenweiden, und nicht ein Rotkehlchen, nicht ein Distelfink, nicht ein Hänfling erschraken vor ihnen. Die Raubvögel hockten sich nieder ins Geäst, in anmaßender und schwermütiger Haltung, und das Auge zur Sonne gekehrt, schlugen sie dann und wann mit ihren Stahlschwingen gegen den scheckigen Kiel ihrer Brust.

Die Eule aber suchte den Schattenhügel auf, um zurückgezogen in einer Höhlung, und zufrieden mit ihrem Dunkel und ihrer Einsicht, die Nachtigall klagen zu hören.

DOCH DIE KÖSTLICHSTE ZUFLUCHT hatten sich die Tauben erwählt. Sie saßen auf würzigen Ölbäumen im Abendwehn. In diesem Garten lebten junge Mädchen, die man wegen ihrer tierhaften Anmut eingelassen hatte, alle die jungen Mädchen, seufzend und wie Jelänger-Jelieber, alle die jungen Mädchen, die mit den empfindsamen Tauben schmachten, von den Tauben Venetiens an, die den gelangweilten Dogaressen fächelten, bis zu den Tauben Westindiens, mit dem neckischen Feuer ihrer orangen- und tabakfarbenen Fischerinnenschnäbel; alle die Tauben der Träume und alle die träumenden Tauben: die Taube, die Beatrice aufzog und der Dante ein Korn reichte; und jene, die in der Nacht von der enttäuschten Quitteria vernommen ward; und jene, die aufschluchzen mußte auf der Schulter Virginiens, als sie im nächtlichen Quell, im Schatten der Kokospalme, vergebens ihre Liebesglut zu kühlen versuchte; und noch die Taube, der die Siebzehnjährige, bedrückt von der Schwüle des Sommers, im Hausgarten bei den reifenden Pfirsichen zärtlich wilde Botschaft anvertraut, damit sie sie mit forttrage, auf ihrem Flug ins Ungewisse.

Und dann waren hier die Tauben der alten, rosenumsponnenen Pfarrkirchen: die Tauben, die aus seiner weihrauchduftenden Hand Jocelyn nährte, während seine Gedanken bei Laurence weilten. Und die Taube, die man dem sterbenden kleinen Mädchen bringt; und die Taube, die man in manchen Gegenden auf die heiße Stirn der Kranken legt; und die geblendete Taube, die so schmerzlich aufstöhnt, daß sie den Zug ihrer wilden Schwestern in den Hinterhalt des Jägers lockt; und die beste aller Tauben, die in seiner Dachkammer den alten vergessenen Dichter tröstet.

DAS DRITTE PARADIES WAR DAS der Schäfchen.

Im Schoße eines Smaragdtales, bewässert von Bächen, die unter ihrem besonnten Kristall eine Decke unerhörten Grüns zeigten; nahe bei einem perlmutternen, pfauengleich schillernden See, tiefblau und wie Glimmerschiefer, wie die Kehle der Kolibri und die Flügel der Schmetterlinge: hier, wo sie das ungetrübte Salz von dem goldgekörnten Granit geleckt hatten, unter dem Dach ihres dichten Wollvließes wie Blatt und Ast unter Schnee, träumten die Lämmer ihren langen Traum.

Diese Landschaft war so rein, so traumhaft klar, daß sie die Wimpern der Schäfchen angesilbert hatte, als sie hineingeglitten war in das Gold ihrer Augen. Darin schien alles so durchsichtig, daß man tief in ihrem Wasser, so deutlich enthüllten sich die Umrisse, die gelbgestreiften Kalkgipfel zu erblicken vermeinte. In die Teppiche der Buchen- und Tannenwälder waren Blüten eingewirkt, von Reif, von Himmel und von Blut, und der sanfte Wind, wenn er darüber hinweggeweht hatte, zog noch leichter, noch beduftter, noch eisesklarer von dannen.

Gleich einer blauen Meerflut wallten die köstlichen Kegel der Bäume hoch, mit verflochtenem Silbertang. Abwärts von den felsigen Zähnen des Gebirges dampften Wasserfälle. Und auf einmal blökten die himmlischen Herden Gott entgegen; die verzückten Schellen weinten um den Schatten der Farnkräuter. Und das dunkle Wasser der Grotten brach sich im Licht.

Gelagert unter wilden Lorbeerbüschen erschien das wiedergewonnene Lamm der Bibel. Seine Pforte ruhte auf seinem Mund und blutete noch. Seine Wege waren hart gewesen, bald aber sollte es an dem leicht gesäuerten Zucker der Myrten wieder gesund werden. Schon zitterte es bei dem Laut seiner zerstreuten Gefährten.

Einziehend in dieses gelobte Land, ihren bleibenden Aufenthalt, gewahrten die franziskanischen Schäfchen das Lamm aus der Fabel des Lafontaine, wie es unter Vergißmeinnicht an der spiegelhellen Welle graste. Nicht mehr stritt es mit dem Wolf des Gedichtes. Es trank, und das Wässerlein wurde nicht trübe davon. Die ungefaßte Quelle, für das Gefühl durch einen zweihundertjahrlangen Epheu-Schatten verdüstert, strömte über den Rasen hin ihre zerbrochenen Wellchen und, fortgerissen mit ihrem Glitzern, das schneeige Beben des Lammes.

An den Halden der Glückseligkeit hochhängende Schafe, die Schafe sahn sie jener Helden des Cervantes, die aus Liebesgram alle wegen ein- und derselben Schönheit ihre Stadt verlassen hatten, um in der Ferne ein Hirtenleben zu vollbringen. Die Stimmen dieser Tiere waren die allersanftesten: Stimmen von Herzen, die insgeheim ihr eigenes Leiden lieben. Sie schlürften von den Quendelbeeten die immer neuen brennenden Tränen, die ihre bukolischen Dichter wie Tau hatten fallen lassen aus dem Kelche der Augen.

Am Rande dieses Paradieses erhob sich ein undeutliches Geräusch gleich dem unendlichen Wellenschlag. Es war der Flöten und der Klarinetten immer wieder stockendes Schluchzen, ein Rufen, von den Abgründen zurückgeschnellt, Gebell der unruhigen Hunde, der Sturz eines umgrünten Steines ins Leere. Es war der Schwall der Wasserfälle hoch über den tosenden Wildbächen. Wie die Sprache war es eines Volkes auf dem Wege zu seinem gelobten Land, namenlosen Weintrauben entgegen, brennenden Dornbüschen entgegen, Laute, untermischt mit dem Aufschrei trächtiger Eselinnen, die die Last der vollen Milchkannen trugen und die Hirtenmäntel und das Salz und den schieferig abblätternden Käse.

DAS VIERTE PARADIES, IN SEINER fast unbeschreiblichen Nacktheit, gehörte den Wölfen.

Auf dem Gipfel eines baumlosen Berges, in der Öde des Windes, in durchdringenden Nebeldämpfen, genossen sie des Glückes der Märtyrer. Sich also verlassen zu fühlen, empfanden sie als eine herbe Freude und ebenso dies, daß sie niemals länger als einen Augenblick lang — und unter welchen Qualen! — ihrem Blutdurst hatten entsagen können. Sie waren die Enterbten mit dem ewig unverwirklichtem Traum. Schon seit langem konnten sie nicht mehr heran an die himmlischen Lämmer, deren blanke Augenwimpern in dem grünen Lichte auf- und niederschlugen. Und dann, da keines dieser Tiere starb, durften sie auch nicht länger den Leib erwarten, daß ihn der Schäfer ihnen hinwürfe an den immer lachenden Bach.

Und die Wölfe hatten sich bescheiden gelernt. Ihr Pelz, rauh wie ihr Fels, war zum Erbarmen. Eine Art von kläglicher Größe herrschte an dem seltsamen Ort. So tragisch, so unselig wirkte ihr Erlöstsein — man hätte sie, o Mitgefühl!, selbst wenn man sie beim Lämmermord ertappte, auf die Stirne küssen mögen, voll Zärtlichkeit, diese armen Fleischfresser. Die Schönheit ihres Paradieses, wo nun auch der Herzenswolf des Franziskus Wohnung nahm, war in der Trostlosigkeit beschlossen und in der hoffnungslosen Verzweiflung.

Über dieses Gebiet hinaus aber erstreckte sich der Tierhimmel ins Unendliche.

Drittes Buch

DER HASE NUN, DER HATTE BEIM Anblick der himmlischen Hundeschar klüglich das Panier ergriffen. Solange Franziskus bei ihm war, glaubte er an Franziskus. Bald aber, und wenn auch in den Gefilden der Seligen, hatte seine mißtrauische Bauernnatur wieder Gewalt über ihn gewonnen. Und da er sich hier nicht so recht in seinem Paradies fühlte, weder eine vollkommene Seligkeit auskostete, noch den Reiz der bekannten Gefahr, gegen die man ankämpfen konnte, war er irre geworden.

Er lief also hin und her, mit Unbehagen, er kannte sich nicht aus, fand sich nicht zurecht und suchte vergebens, was er doch immer wieder floh und was ihn geflohen hatte. Was war das nur? War denn der Himmel nicht das Glück? Wo mochte die Stille noch stiller sein? In welchem andern Nest hätte der Spaltnasige einen unbedrohten Schlaf besser träumen können als in diesen wollenen Wiegen, die der Windhauch hinbreitete unter das beblütete Strauchwerk der Sterne?

Doch schlief er hier nicht, ihm fehlte die Unruhe und noch manches andere. In den Gräben des Himmels hockend, spürte er unter dem weißen Fleck seines Stummelschwanzes nicht mehr, wie ihn die Feuchtigkeit mit Schauern durchdrang. Die Mücken, weit weg in ihrem Teichparadies, gewährten seinen immer offenen Augenlidern nicht länger das beizende Brennen des Sommers. Wohin war dieses Fiebern geschwunden? Sein Herz schlug nicht mehr mit jener Kraft von ehemals, wenn auf den Kuppen der flammendroten Heiden das Feuerrohr einen Erdregen um ihn herum versprühte. Unter der weichen Liebkosung des Rasens sproßte ihm sein sonst spärliches Haar aus den Schwielen der Pfoten. Und er begann den Überfluß des Himmels zu bedauern. Ihm war wie dem Gärtner, der, König geworden, purpurne Sandalen tragen muß und sich seine

Holzschuhe zurückwünscht, mit ihrem Schwergewicht von Lehm und Armut.

UND FRANZISKUS IN SEINEM PARADIES erfuhr von den Bedrängnissen des Hasen und von seiner Verwirrung. Und sein Herz litt darunter, daß einer seiner alten Genossen nicht glücklich war. Seitdem schienen ihm die Gassen des himmlischen Dorfes, seines Wohnortes, nicht mehr so friedlich, die abendlichen Schatten nicht mehr so milde, nicht mehr so weiß der Atem der Lilien, nicht mehr so heilig der Schein des Werkzeugs in den Schuppen, nicht mehr so hell die singenden Krüge, deren Wasser in frischen Garben auseinanderstrahlte, kühlespendend über die Leiber der Engel, die an den Brunnenrändern saßen.

ALSO BEGAB SICH FRANZISKUS ZUM lieben Gott, und er empfing ihn in seinem Garten bei sinkendem Tag. Es war dieser Garten Gottes der einfachste und schönste. Woher das Wunder seiner Schönheit kam, war unerklärlich. Vielleicht wuchs darin nichts anderes als die Liebe. Über die Mauern, ausgekerbt von den Weltaltern, wucherte dunkler Flieder. Entzückt trugen die Steine ihre lächelnden Moose, deren goldne Köpfchen an der schattigen Brust der Veilchen sogen.

In einem zerstreuten Schimmer, der nichts von Morgenlicht noch von Abenddämmerung an sich hatte, denn er war noch zarter als diese, inmitten eines Beetes blühte ein blauer Lauch. Ein Geheimnis umgab die blaue Kugel seines Blütenstandes, der sich unbewegt in sich verschlossen hielt auf seinem hohen Stengel. Man begriff, daß diese Pflanze träumte. Wo von wohl? Vielleicht von dem Werk ihrer Seele, die am Winterabend in dem Topfe summt, worin die Suppe der Armen kocht. O göttliches Los! Nicht weit von den Buchsbaumzäunen strahlten die Zungen des Lattichs lautlose Worte, während ein gedämpftes Licht um den Schatten entschlafener Gießkannen lag. Ihre Arbeit war getan.

Und zu Gott, voll heitern Vertrauens, nicht hochmütig noch kriechend, erhob ein Salbei sein geringes Rüchlein.

FRANZISKUS SETZE SICH NEBEN Gott auf eine Bank unter eine mit Efeu umwachsene Esche. Und Gott sprach zu Franziskus:

„Ich weiß, was dich herführt. Man soll nicht sagen, daß hier einer, Hase oder Milbe, sein Paradies nicht finde. Geh also zu dem Schnellfüßigen und frage ihn, was er begehrt. Und sobald er es dir gesagt hat, will ich es ihm gewähren. Wenn er nicht wie die andern zu sterben und zu entsagen verstanden hat, gewiß, so war es, weil sein Herz allzusehr an meiner geliebten Erde hängt. Denn, o Franz, gleich diesem Langohr liebe ich die Erde mit einer tiefen Liebe. Ich liebe die Erde der Menschen, der Tiere, der Pflanzen und der Steine. Franz, suche den Hasen auf und sage ihm, daß ich sein Freund bin."

UND FRANSISKUS SCHRITT AUF DAS Paradies der Tiere los, das, von den jungen Mädchen abgesehn, niemals vorher ein Menschenkind betreten hatte. Dort fand er den Hasen untröstlich umherirren; sowie aber das Tier seinen alten Herrn auf sich zukommen sah, verspürte es eine so große Freude, daß es sich niederhockte, die Augen erschrockener als je, die Nase kaum merklich zitternd.

„Sei gegrüßt, mein Bruder," sagte Franziskus. „Ich habe dein Herz klagen gehört, und ich bin gekommen, den Grund deiner Betrübnis zu erfahren. Hast du zu viel bittere Körner gegessen? Warum genießest du nicht den Frieden der Tauben und der ebenso weißen Lämmer . . .? O Mäher hinter der Ernte, was suchest du also unruhig hier, wo doch keine Unruhe mehr ist und wo du niemals wieder das Keuchen der Rüden fühlen wirst, wie sie herjagen hinter deinem Landstreicherfell?"

„Mein Freund," gab der Spaltnasige zur Antwort, „was ich suche? ich suche meinen Gott. Solange du mein Gott warst auf der Erde, fühlte ich mich befriedigt. Aber in diesem Paradies, wo ich verloren bin, weil ich deine Gegenwart entbehre, du göttlicher Bruder der Tiere, erstickt meine Seele, denn hier finde ich ihn nicht." „Meintest du denn," versetzte darauf Franziskus, „daß Gott die Hasen verläßt und daß sie allein in der Welt kein Recht auf das Paradies haben?"

„Dieses nicht," erwiderte ihm der Graustrumpf. „Darüber habe ich mir keine Gedanken gemacht. Dir wäre ich nachgegangen, denn ich habe gelernt, mich in dir so gut auszukennen wie in der irdischen Hecke mit ihren Flocken warmen Lämmerschnees, der mein Nest wohnlich macht. Vergeblich habe ich über diese Himmelswiesen hin den Gott gesucht, von dem du da redest. Doch während ihn meine Freunde sogleich entdeckten und ihr Paradies fanden, irre ich umher. Von dem Tage an, da wir von dir schieden, und in der Stunde schon meines Eingangs in den Himmel schlug mein kindisch wildes Herz in Heimweh nach der Erde.

O Franz, mein Freund, du einziger, an den ich glaube, gib mir meine Erde wieder. Ich fühle, daß ich hier nicht zu Hause bin. Gib mir meine Furchen wieder voll Kot, meine lehmigen Pfade. Das heimische Tal gib mir zurück, wo die Jagdhörner den Nebel aufrühren; die Wagenspur, von wo aus ich mein Abendläuten hörte, die Meute mit den hängenden Ohren. Gib mir meine Angst wieder. Gib mir meinen Schrecken wieder. Gib mir wieder die Erregung, die mich ergriff, wenn plötzlich ein Schuß unter meinem Sprunge die duftenden Minzen hinwegfegte oder wenn im Strauch unter den Quittenbäumen mein Mund an das Kupfer der kalten Schlinge stieß. Gib mir die Wiese wieder, wo du mich entdeckt hast. Gib mir wieder die morgenroten Wasser, aus denen der gewandte Fischer seine Netze schwer von Aalen herauszieht. Gib mir die blaue Nachlese im Monde zurück und mein furchtsames heimliches Liebesspiel in den wilden Ampfern, wenn ich nicht mehr unterscheiden konnte zwischen einem Blumenblatt, das mit Tau überlastet ins Gras glitt, und der rosigen Zunge meiner Freundin. Gib mir, o du mein Herz, gib mir meine Schwäche zurück. Und sage dem lieben Gott, daß ich nicht länger bei ihm leben kann."

„O Graustrumpf," erwiderte ihm darauf Franziskus, „mein Freund, sanfter mißtrauischer Bauer, kleingläubiger Hase, der du lästerst; du konntest deinen Gott nicht finden? so wisse, um diesem Gott zu begegnen, hättest du sterben müssen wie deine Genossen."

„Aber wenn ich sterbe, was soll aus mir werden?" schrie der Strohpelz.

Und Franziskus sagte:

„Wenn du stirbst, wird aus dir dein Paradies."

WÄHREND SIE SICH SO BESPRACHEN, gelangten die ans Ende des Tierparadieses. Hier begann das Paradies der Menschen. Langohr neigte den Kopf und las über einem Pfahl auf einer blauen, gußeisernen Tafel mit einem Pfeil, der die Wegrichtung anzeigte:

Von Kastetis nach Balansun
5 Kilometer

Der Tag war so heiß, daß die Schrift in dem stumpfen Sommerlicht zu zittern schien. In der Ferne, auf dem Weg, wirbelte der Staub wie im Märchen vom Blaubart, wenn die Schwester fragt: Schwester Anna, siehst du noch nichts? Die silberne Trockenheit, wie war sie prächtig und duftete bitter nach Minze.

Und Langohr sah ein Pferd mit einem Karren herankommen.

Es war ein armseliger Gaul vor einem zweirädrigen Gefährt, und er konnte nur noch im Galopp und ruckweise ziehn. Jeder Schritt erschütterte sein gelockertes Gerippe, daß das Geschirr klirrte, und die helle Mähne flatterte in der Luft, grünlich wie der Bart eines alten Seemanns. Mühsam, als wären es Pflastersteine, hob das Tier seine geschwulstig aufgetriebenen Hufe . . .

Da überfiel ein Zweifel, stärker als alle bisherigen Zweifel, die Seele des Hasen und durchbohrte sie.

DIESER ZWEIFEL WAR EIN SCHROTKORN, das soeben durch den Nacken in das Hirn des Löffelmanns drang. Ein Blutschleier, schöner als der glühende Herbst, schwebte vor seinen Augen, darin die Schatten der Ewigkeit aufstiegen. Er schrie. Die Finger eines Jägers schnürten ihm die Kehle zu, würgten ihn, erstickten ihn. Es verlangsamte sich sein Herz, das ehemals flatterte wie im Wind die bleiche wilde Rose, wenn sie zergeht um die Stunde, da es Morgen wird und die Hecke die süßen Lämmer liebkost. Einen Augenblick blieb er unbeweglich in der Faust seines Mörders, matt ausgestreckt, lang wie der Tod. Dann schnellte er auf. Seine Klauen krallten vergebens nach dem Boden, sie erreichten ihn nicht mehr, denn der Mann ließ nicht los. Langohr verrann, Tropfen um Tropfen.

Auf einmal sträubte sich sein Haar, und er wurde den sommerlichen Stoppeln gleich, worin er einst gelegen hatte neben seiner Schwester, der Wachtel, und neben seinem Bruder, dem Mohn; gleich auch der lehmigen Erde, die seine Bettlerfüße benetzt hatten; gleich dem Braun, womit die Septembertage den Hügel bekleiden, dessen Gestalt er angenommen hat; gleich der Kutte des Franziskus; gleich der Wagenspur, von wo aus er sein Abendläuten hörte, die Meute mit den hängenden Ohren; gleich dem starren Felsen, wie ihn der Quendel liebt; er glich in seinem Blick, worin jetzt ein Hauch nächtlichen Blaus schwamm, dem gesegneten Rasenplatz, auf dem ihn einst das Herz seiner Freundin im Herzen der wilden Ampfer erwartet hatte; in den Tränen, die er vergoß, glich er dem Engelquell, an dem der alte Aalfischer sitzt und seine Netze ausbessert; er glich dem Leben; er glich dem Tode; er glich sich selbst; er glich seinem Paradies.

SCHLUSS DES HASENROMANS

VON FRANCIS JAMMES SIND IM
VERLAG JAKOB HEGNER IN
HELLERAU ERSCHIENEN:
ALMAIDE ODER DER ROMAN
DER LEIDENSCHAFT EINES
JUNGEN MÄDCHENS, RÖSLEIN
ODER DER ROMAN EINES
LEICHT HINKENDEN JUNGEN
MÄDCHENS, KLARA ODER DER
ROMAN EINES JUNGEN
MÄDCHENS
AUS DER ALTEN
ZEIT